16	3	2	13
5	10	11	8
9	6	7	12
4	15	14	1

Abud Said

O CARA MAIS ESPERTO DO FACEBOOK

Posts da Síria

Tradução de Pedro Martins Criado
Posfácio de Sandra Hetzl

editora 34

EDITORA 34

Editora 34 Ltda.
Rua Hungria, 592 Jardim Europa CEP 01455-000
São Paulo - SP Brasil Tel/Fax (11) 3811-6777 www.editora34.com.br

Imagem da capa:
Retrato de Abud Said por Anna McCarthy
(© Anna McCarthy/ AUTVIS, Brasil, 2016)

Capa, projeto gráfico e editoração eletrônica:
Bracher & Malta Produção Gráfica

Revisão:
Cide Piquet, Nina Schipper, Danilo Hora

1ª Edição - 2016

CIP - Brasil. Catalogação-na-Fonte
(Sindicato Nacional dos Editores de Livros, RJ, Brasil)

Said, Abud, 1983
S339c O cara mais esperto do Facebook:
posts da Síria / Abud Said; tradução de
Pedro Martins Criado; posfácio de Sandra Hetzl —
São Paulo: Editora 34, 2016 (1ª Edição).
96 p.

ISBN 978-85-7326-624-5

1. Literatura árabe contemporânea.
I. Criado, Pedro Martins. II. Hetzl, Sandra.
III. Título.

CDD - 892.7

O CARA MAIS ESPERTO DO FACEBOOK

Perfil de Abud Said no Facebook

Cidade atual: Alepo, Síria

Idiomas: Inglês, Árabe

Gênero: Masculino

Estado civil: Solteiro

Visões políticas: O chinelo da minha mãe é mais bonito que qualquer pensamento e mais importante que a União Geral das Mulheres.

Informações sobre Abud:

Eu sou Abud Said, o presunçoso espertalhão que se julga mais importante que Al-Maghut, Adonis e a Lady Gaga.
Só aceitarei pedidos de amizade que venham com uma mensagem dizendo:
"Por favor, Abud, eu imploro que aceite minha amizade, por favor..."
Então, pensarei.
— Quantas vezes já não fomos recusados e quantas vezes não tivemos que esperar que aceitassem nossa amizade!!!
Agora é a vez de eles nos esperarem decidir.

Se você recebeu um pedido de amizade meu, por favor, recuse.
Não leio o que os outros escrevem.
Não "curto" ninguém e a última coisa que me importa é se você me "curtiu" ou não. Se vier como esmola, não quero mesmo. Eu escrevo, posto, tiro a navalha do bolso e digo ao leitor:
Curte aí ou vai ver só!
Não comento na página de ninguém.
Não entro em nenhum grupo, mesmo que seja o Paraíso.
Não escrevo HAPPY BIRTHDAY no mural de ninguém.
Só me comunico com os outros em assuntos que me dizem respeito ou chamam a minha atenção.
Não bato papo com homens, o que não significa que o faça com qualquer mulher ou garota.
Não ligo para horóscopo ou outras mirabolâncias facebookianas.
Não vou a eventos, não ligo para quem se chateia.
Não respondo a perguntas e enquetes.
Não aceito críticas, por mais simpáticas que sejam.
Só abro a minha página e me glorifico.

Afinal, eu sou o cara mais esperto do Facebook, gostem ou não.

Informações de contato:

http://www.facebook.com/aboud.saeed

Citações favoritas:

Não sou do tipo que cita expressões alheias.

Posts

30 de dezembro de 2011 às 12:08

Escreverei tudo que me vier à cabeça / no vazio / que fez de mim um poeta fictício.

34 curtiram

30 de dezembro de 2011 às 01:34

Escreverei tudo que me vier à cabeça / sobre a vizinha que pegou um prato nosso emprestado e devolveu outro / Minha mãe, ressentida, mandou-me à casa dos vizinhos para dizer: este não é o nosso prato.
O nosso é o que tem uma flor verde estampada.

46 curtiram

3 de janeiro de 2012 às 09:47

Um estranho sentou ao meu lado / e começou a resmungar: "Ah... meu Deus... ah... não tô legal... ah..." Peguei um cigarro e coloquei na boca dele / tirei meu isqueiro e acendi / ele puxou um longo trago e soltou no ar / então me olhou e gritou: "Aí, irmão, eu tenho isqueiro! Eu tenho isqueiro, entende?" / Adorei ele

42 curtiram

4 de janeiro de 2012 às 12:12

Toda manhã procuro na gaveta da cômoda / uma meia que não esteja rasgada ou esgarçada / mas só encontro as meias da minha mãe / Minha mãe não usa meias femininas.

57 curtiram

5 de janeiro de 2012 às 01:58

Sonhos queimam banha e gordura. Por isso sou magrelo.

52 curtiram

5 de janeiro de 2012 às 02:36

O sangue só escorreu no meu mural / quando adicionei um amigo que portava uma arma.

49 curtiram

7 de janeiro de 2012 às 14:12

"Tá achando que você é Baudelaire", minha amiga diz.
Eu disse: quem é Baudelaire, um poeta??? / Foda-se / A história criou esses aí / Homs é mais importante que Troia e Abd Al-Basit Sarut é mais corajoso que Guevara.
E eu sou mais importante do que Baudelaire.
Ela ri, achando que é brincadeira.

65 curtiram

8 de janeiro de 2012 às 14:33

Se Khalid Ibn Walid foi a "espada desembainhada de Deus" / então eu sou Sua bainha perfurada.

55 curtiram

8 de janeiro de 2012 às 19:33

Texto para os elitistas
Eu não valho dois centavos, não é mesmo?
Nos casamentos, nas festas, nos funerais, nas noites de poesia, nas noitadas com os amigos, nos protestos, nas passeatas, na universidade, no trem, na rua quando vejo uma moça vindo em minha direção, no Facebook quando há uma discussão acalorada entre amigos, nas salas de cinema decadentes, nos quiosques da praia, nos feriados em que a família se reúne, na prisão, no pátio da escola, no trabalho quando os clientes são muitos: eu não valho dois centavos, por isso acendo um cigarro.
/
Eu não valho dois centavos. Isso, dois centavos. Há quem pense que sou culto e escrevo poesia, quando, na verdade, nunca peguei em caneta e papel. Nunca li nem um verso de Adonis. Não sabia a diferença entre versos e poema em prosa até alguns meses atrás. Não me lembro de nenhuma vez em que comprei um jornal. O número de romances que já li cabe nos dedos das mãos. Não sei qual é a capital do Equador, nem quem libertou os escravos na América. Não consigo falar inglês, nem francês, nem escrever as hamzas, e até agora não aprendi quando é predicativo do sujeito ou objeto direto.
/

Eu não valho dois centavos. Isso, dois centavos. Conheci muitas mulheres e dormi com todas que me deram espaço em suas camas. Em Beirute, provoquei uma moça asiática que ficou muito feliz por me conhecer. No hospital, quando minha irmã estava doente, conheci uma enfermeira e trocamos telefones. No Facebook, então, nem se fala. No trabalho, enquanto a representante de vendas estava me dando informações sobre o produto dela (uma máquina de barbear), eu pensava aonde a levaria. Nem as ciganas escapavam a essa luxúria. Ao passo que, todos os dias, vejo a moça de quem eu gosto e, todos os dias, falho em expressar o que sinto por ela.

/

Eu não valho dois centavos. Isso, dois centavos. Certa vez, participei de um dos protestos e, quando as tropas do regime chegaram, fugi. Comecei a correr e um conhecido me viu. Então, no dia seguinte, ele me disse: "Você não vale dois centavos. Se valesse, não tinha saído correndo"

/

Eu não valho dois centavos e manterei este preço
Eu não valho dois centavos: que beleza!
Eu não valho dois centavos, repitam comigo
Eu não valho dois centavos e sou feliz por isso.

129 curtiram

9 de janeiro de 2012 às 10:20

Odeio vocês. Enquanto seus telhados têm parabólicas digitais, o meu tem uma antena de TV.

42 curtiram

11 de janeiro de 2012 às 13:32

Eu te amo / só quando você está online

29 curtiram

11 de janeiro de 2012 às 15:19

Te peço um cigarro / só pra te mostrar que tenho isqueiro

41 curtiram

13 de janeiro de 2012 às 03:21

Para mim, as mulheres são a única alternativa ao Facebook.

41 curtiram

14 de janeiro de 2012 às 17:49

Ela disse: eu me arrisquei atravessando milhares de quilômetros, e você, o que fez?
Eu disse: te mencionei num post.

33 curtiram

15 de janeiro de 2012 às 02:20

Em breve / palavras maquiadas / e com muito silicone /
Os peitos da Elissa não são melhores que o meu mural.

38 curtiram

16 de janeiro de 2012 às 19:15

Como um motorista querendo consertar o carro / o povo pergunta sobre a liberdade: "quanto vai ficar, chefe?" Como um mecânico fajuto, o regime responde: "não tem muito o que fazer..."

69 curtiram

17 de janeiro de 2012 às 20:03

Meu turno no trabalho acabou às 17h / tirei o uniforme / e saí correndo / todos começaram a me olhar correndo / alguns começaram a correr atrás de mim, achando que eu ia ao Paraíso / as crianças correram atrás de mim achando que um avião tinha feito um pouso de emergência na cidade / cem cachorros correram atrás de mim / as forças de segurança correram atrás de mim, achando que eu fugi da prisão / carros de bombeiro, achando que havia um incêndio / ambulâncias / os intelectuais que estavam nos cafés / o vendedor de doces / traidores, assassinos, mil deles, estavam todos atrás de mim quando cheguei em casa / virei pra trás e disse: "tudo o que aconteceu foi que minha namorada ficou online".

86 curtiram

18 de janeiro de 2012 às 14:03

O ditador / não ouve jazz

26 curtiram

19 de janeiro de 2012 às 02:07

Nesta noite hostil / tenho 6 cigarros e um celular sem sinal / um litro de vinho Ksara / e 44 pessoas online. Algumas eu já usei, algumas eu não ousaria dar em cima / e outras eu não conheço ou talvez não me conheçam. / Preciso desesperadamente de uma história de amor. Amarei a primeira pessoa que me disser "olá". / Talvez acabe a luz
antes que eu me apaixone por alguém.

66 curtiram

19 de janeiro de 2012 às 02:30

Eu não tenho "CV".

27 curtiram

20 de janeiro de 2012 às 13:05

Quero comprar um "currículo" / e dos grandes

27 curtiram

20 de janeiro de 2012 às 19:14

Escreva como se tocasse piano em uma sala vazia.

58 curtiram

20 de janeiro de 2012 às 20:00

A vida dentro do Facebook não é justa como fora / porque aqui não tem lama. Todos aqui parecem limpos, elegantes e muito eloquentes / enquanto fora, por exemplo, quando eu pego o ônibus, nenhuma moça se senta ao meu lado, não sei por quê. Talvez por causa do meu sapato surrado, ou do meu chapéu, ou sem motivo mesmo. Mas isto é justiça.

43 curtiram

20 de janeiro de 2012 às 20:34

A vida dentro do Facebook não é justa como fora / porque aqui todos falam. Até eu. / Enquanto lá fora, o silêncio matou e continuará matando milhares. Mas isto é justiça.

44 curtiram

20 de janeiro de 2012 às 22:05

A vida dentro do Facebook não é justa como fora / porque aqui é a palavra que fala. Aqui, uma moça não precisa nem de calça da moda, nem de penteado descolado, nem de celular moderno e nem mesmo de silicone. Um homem não precisa nem de gravata, nem de carro, nem de se barbear.
Enquanto lá fora, tudo fala, menos a palavra. A palavra é muda, como eu. Mas isto é justiça.

62 curtiram

23 de janeiro de 2012 às 18:01

Adoro estas notificações vermelhas. / Espero abrir o Facebook e ver milhares de mensagens que não vou responder / só para satisfazer minha vaidade / e sonho com uma tempestade de notificações tão forte que eu não saiba de onde veio.

49 curtiram

23 de janeiro de 2012 às 18:54

Eu sou Abud Said, "o impuro", como diz minha namorada / porque não desliguei quando ela me ligou por engano / não sei se o celular dela estava no bolso de trás ou da frente / mas ouvi um roçar que parecia jazz / e fiquei escutando aquelas melodias, e dançando, até o crédito dela acabar.

54 curtiram

23 de janeiro de 2012 às 19:20

Eu sou Abud Said, "o impuro" / sempre que vejo uma torneira, abro / sempre que vejo uma porca, afrouxo / sempre que ouço o chamado para a reza, aumento o volume da música / sempre que meu sapato fica sujo de lama, procuro um mármore limpo / sempre que vejo o traseiro da Shakira, tiro sarro do nariz da minha namorada / sempre que uma moça me exclui do Facebook, excluo 5 caras em resposta.

57 curtiram

23 de janeiro de 2012 às 19:46

Eu sou Abud Said, "o impuro" / quando estava na casa da minha namorada / encontrei um livro de Adonis (Cantos de Mihyar, o Damasceno) / e comecei a folheá-lo. Quando ela foi preparar o café / chamei seu filho caçula e lhe dei uma caneta / coloquei o livro na sua frente e disse: rabisca, querido, rabisca... Escreve "papai" e "mamãe".

50 curtiram

23 de janeiro de 2012 às 20:22

Eu sou Abud Said, "o impuro" / sempre que vejo um filme no cinema / que acaba com o herói se casando com uma mulher bonita / ou com um beijo, como em Seis Dias, Sete Noites / eu digo a minha mãe: me case com a minha prima.

54 curtiram

24 de janeiro de 2012 às 19:12

Na verdade, esta não é a minha foto / eu sou um jovem bonito, loiro de olhos azuis, que ama tudo e todos / Quando a apresentadora sorri na tela, sinto que é para mim e acho que ela está perdidamente apaixonada / Eu sou um jovem bonito e educado. Aquele que às vezes vem aqui e escreve "coma merda" não sou eu / Na verdade, eu estou dentro desta pessoa obscena. Sou um refém / escrevo acuado / com uma arma apontada para minha cabeça. Todos esses smileys são falsos, como os sorrisos dos presos políticos que aparecem na televisão síria falando sobre reforma.

143 curtiram

1 de fevereiro de 2012 às 12:08

Estamos vendo na TV a cobertura dos debates na ONU, quando minha mãe diz: todo esse papel branco nessas mesas na frente deles é por causa da Síria???
Naturalmente, ela quer dizer que a situação é óbvia, nem precisava de todos aqueles papéis.

115 curtiram

3 de fevereiro de 2012 às 09:32

Eu disse à minha mãe: quero viajar para Beirute para voltar como "trabalhador sírio no Líbano".
Ela me aconselhou:
não encha um balão só para estourá-lo depois
não beba o vinho do cálice / entorne-o direto da garrafa
não durma com uma mulher que vai à pedicure
não durma sério demais
para que seu sono e seus sonhos sejam uma piada / uma piada como a guerra por vir

64 curtiram

5 de fevereiro de 2012 às 01:58

Eu sou o mais esperto aqui no Facebook.

38 curtiram

9 de fevereiro de 2012 às 01:00

Facebookices:
Quando penso em me livrar de vários amigos, paro em alguns, hesitante. Por exemplo, nos seguintes casos:

uma moça bobinha que só posta horóscopo e fotos com coraçõezinhos / mas é bonita
uma moça que apoia o regime / mas coloca fotos de biquíni
um amigo que me deixa louco de tanto citar Mahmud Darwish / mas curte tudo que eu posto
amigos que não me dão a mínima (poetas, escritores, jornalistas, artistas, etc.) / mas têm cargos altos
amigos sem nenhuma característica positiva, ou que tenha a ver comigo, e que não valem nada / mas são amigos por obrigação, não por vontade
uma vez aconteceu de eu excluir meu primo: a mãe dele veio, reclamou com a minha, cortou relações e nós quase começamos uma guerra civil...

124 curtiram

12 de fevereiro de 2012 às 22:17

Eu sou um elitista.

31 curtiram

12 de fevereiro de 2012 às 22:54

Quem não curte meus posts é espião de Israel e do Qatar... e do Canal Ghinwa.

63 curtiram

13 de fevereiro de 2012 às 19:32

Preciso de uma história de amor / o mais rápido possível / em 24 horas no máximo

porque amanhã é Dia dos Namorados
uma história pura, mesmo que seja de aluguel

71 curtiram

13 de fevereiro de 2012 às 20:43

Amanhã vou pesquisar no Google sobre a mais bela história de amor e vivê-la.

36 curtiram

14 de fevereiro de 2012 às 19:21

Ontem eu escrevi: amanhã vou pesquisar no Google sobre a mais bela história de amor e vivê-la.
Parece que meu destino é continuar sozinho.

51 curtiram

14 de fevereiro de 2012 às 20:09

Tenho 29 anos / uma vez comprei uma pantalona / na ocasião, minha irmã deu à luz uma filha.
Minha mãe disse: sua sobrinha nasceu no ano da pantalona.

45 curtiram

14 de fevereiro de 2012 às 20:38

Tenho 29 anos / fui ao cinema só uma vez / quando estive em Beirute
especificamente na região de Barbir / tinha um cara na porta de um salão gritando:
"Sexo e fodelança! Sexo e fodelança!"

O título me agradou e eu entrei: era um filme egípcio dos anos 80 em que o mocinho beijava a mocinha.

34 curtiram

15 de fevereiro de 2012 às 20:04

Hoje especificamente:
Loja de bolos / normalmente, compro uma fatia pequena de 10 liras.
Só encontrei fatias grandes com frases bobas escritas com glacê.
Parecia a saudação à bandeira na escola.

58 curtiram

18 de fevereiro de 2012 às 18:43

Pela milionésima vez: eu tenho isqueiro, não quero que ninguém acenda o meu cigarro.

61 curtiram

20 de fevereiro de 2012 às 00:03

Te amo / até a última pulsada da bateria do laptop

83 curtiram

21 de fevereiro de 2012 às 20:43

Ontem quando acabou a luz / caminhei um pouco / e pisei em um cinzeiro.

Eu disse: no que foi que eu cliquei?
Meu amigo respondeu: isto é um tapete, não um teclado.

47 curtiram

23 de fevereiro de 2012 às 21:14

Minha namorada disse: eu gostaria de ver seu quarto e sua biblioteca.
Eu disse a ela: não tenho biblioteca, só alguns livros espalhados aqui e ali.
Eu não tenho meu próprio quarto / cada membro da família diz que meu quarto é o quarto dele / até as visitas, quando digo "fique à vontade", vão direto para lá.
Meu quarto é o que não tem cama / tem uma TV e um aquecedor / minha mãe sempre fica sentada nele / rezando e assistindo às notícias, e como ela não sabe ler, todo dia me pergunta o número de vítimas.
Fico nervoso com as perguntas dela e de vez em quando invento um número da minha cabeça.

128 curtiram

24 de fevereiro de 2012 às 21:54

A folha de hortelã na minha caneca é mais importante do que o pokemon na sua calcinha

24 curtiram

25 de fevereiro de 2012 às 00:03

Peço a todos que parem de escrever, especialmente aqueles que escrevem melhor que eu.

63 curtiram

4 de março de 2012 às 20:03

Sugiro ao Facebook que troque a frase "No que você está pensando?" / quem te disse que nós escrevemos o que pensamos? / O que pensamos não pode ser escrito aqui
O que pensamos, Facebook, seu burro: é escrito e enterrado / nem o sol pode ler o que pensamos / Escrevemos o que pensamos no escuro no Google e apagamos antes de desligar o aparelho / No que você está pensando.....!!!!!
Ao invés desta frase, sugiro que coloquem palavras como: grasne, intrigue, distorça fatos, faça bullying, teorize do seu sofá, venda patriotices, filosofe, etc.

143 curtiram

11 de março de 2012 às 18:47

À maneira do regime sírio:
todos que não me amam cometerão suicídio.

49 curtiram

11 de março de 2012 às 19:00

À maneira de Deus:
todos que não me amam arderão no fogo do inferno.

54 curtiram

12 de março de 2012 às 00:03

À maneira da mídia síria:
todos que não me amam aparecerão em um vídeo com Ariel Sharon.

30 curtiram

12 de março de 2012 às 02:12

À maneira do mendigo:
Me ame, eu imploro / Deus te abençoe / Deus abençoe seu marido / Deus abençoe seus filhos / Abençoe o que você ama... Me ame

39 curtiram

15 de março de 2012 às 22:09

Liberdade aos que ainda não foram presos.

132 curtiram

23 de março de 2012 às 09:15

Uma manhã azul sem notificações vermelhas / manhã de decepção

39 curtiram

24 de março de 2012 às 16:18

Bagunça:
encontrei uma mulher morta
no meu mural
e meus amigos
se reuniram

espontaneamente
ao seu redor

55 curtiram

26 de março de 2012 às 14:20

Vamos nos revelar / vamos escrever aquilo que tentamos esconder, aquilo que tememos.
Escrevam o que temem por baixo destas belas roupas limpas.
Escrevam sobre suas meias dentro dos sapatos reluzentes.
Escrevam suas mensagens recebidas e enviadas.
Minha senhora, conte-nos sobre a última briga com seu marido.
Conte-nos, irmão, como seu filho pequeno aprendeu a xingar o ditador em casa.
Escrevam como e quando foi a última vez que vocês mijaram num muro.
Escrevam tudo...
E eu lhes contarei como tento ensinar minha mãe a fumar.
E como rezei — sem fazer as abluções — mexendo os lábios, fingindo ler a sura Al-Fatiha, na casa do meu vizinho salafita que me convidou para jantar. Eu só disse "amém" em voz alta e com toda a confiança.
Que este espaço seja como estar diante de Deus no dia do julgamento.
Sem negação, sem perdão ou penitência, sem adiamento nem remorso.

149 curtiram

27 de março de 2012 às 22:34

Espero que o salto do sapato dela quebre.

27 curtiram

29 de março de 2012 às 00:31

Meu amor, você e o regime / me reprimem.

45 curtiram

29 de março de 2012 às 01:38

Eu passo a maior parte do meu tempo com o rugido das máquinas, os golpes de marreta e o frio do metal. Minhas roupas estão rasgadas e manchadas de graxa e óleo. Minhas mãos estão tão calejadas que são puro osso, não servem nem para tocar o ombro de uma cigana que mendiga por água, nem para dar de comer aos cães. Eu devia escrever sobre o fascínio do parafuso, sobre o espanar da porca. Eu poderia escrever um romance que falasse sobre os orifícios, sobre o tratamento da dureza. Eu poderia descrever a bestialidade do parafuso ao penetrar a porca, bem como vender minha camisa a colecionadores de arte abstrata.

151 curtiram

31 de março de 2012 às 10:05

Vou adicionar aos meus dados pessoais que:
— não tenho diploma universitário ainda / e se eu me formar e tiver diploma universitário, não vou colocá-lo no meu "CV".
Isso, claro, se eu tiver "CV"!!!

— não tenho carteira de motorista e nunca dirigi um carro na minha vida, nem mesmo em jogos de computador. Quando eu era criança, meu pai não me deu carrinhos de plástico. Eu só brincava de trem com os sapatos dos meus irmãos.
— não sei abrir um sutiã. A propósito, minha mãe é uma mulher beduína que não usa sutiã. Também não lê nem escreve. Mas ela é, como diz meu amigo Rami Ghadir, "o mais belo poema em prosa".
— todos os dias eu me consumo e espero a morte chegar.

155 curtiram

2 de abril de 2012 às 21:30

Eu sou o mundo todo / e não estou brincando

29 curtiram

2 de abril de 2012 às 21:42

O placar continua: 1 pra mim, 0 pra todo mundo.

34 curtiram

5 de abril de 2012 às 06:09

O Deus que criou Paris Hilton é o mesmo que me criou???

56 curtiram

8 de abril de 2012 às 19:14

Eu imploro, quando vocês perguntarem alguma coisa, não contem comigo. Eu não respondo perguntas. E digo mais:
— sobre qualquer pergunta relacionada a sentimentos / eu não tenho sentimentos. Uma vez eu disse que o animal dentro de mim é mais belo que seus cachorros e seus gatos.
— não ligo para o futuro, não gosto de crianças e, de repente e sem motivo, até curto o corpo da Carole Samaha.
— não dou muita risada e nunca chorei na vida. No dia do enterro do meu pai, eu fui com meus amigos brincar de naves espaciais, e não ao cemitério. Acabei indo só na manhã de Ramadã. Levei uma sacola de doces e dei para as crianças reunidas por lá. Lembro de encher meus bolsos antes de distribuí-los.
— no que diz respeito à família, eu e meus irmãos não olhamos uns para os outros quando conversamos. Falamos e interagimos como amigos que brigaram e fizeram as pazes recentemente.
— já no que diz respeito à Síria, vale a pena eu me perguntar primeiro: eu sou sírio?

140 curtiram

23 de abril de 2012 às 09:42

Às vezes, alguns dos meus amigos do Facebook, jornalistas, grandes escritores, entre outros, aparecem na televisão e eu tento falar pra minha mãe: olha, mãe, esta é minha amiga. Eu sempre falo com ela. A gente bate papo, dá risada e ontem ela até curtiu meu post.

Minha mãe responde rindo: Abud, meu querido, quando você vai crescer?

203 curtiram

29 de abril de 2012 às 18:10

Neste momento, no quarto ao lado do meu, estão acontecendo negociações entre minha mãe e nossa vizinha. Ela quer que eu adicione a filha dela de volta. Ouço minha mãe dizer a ela em voz alta: explique a ela que meu filho não suporta fotos de rosas nem coraçõezinhos no mural dele.

142 curtiram

6 de maio de 2012 às 01:24

Em Manbij, os adolescentes procuram no Google "sexo israelense".
Eles acham que o sexo israelense é diferente. Claro que isto é resultado da resistência.

187 curtiram

7 de maio de 2012 às 18:29

Antes de eu sair de casa, minha mãe percebeu que eu levava um xale. Ela se espantou e me perguntou:
Para quem é isso???
Cocei a cabeça e disse: é um presente para a minha namorada.

Ela não comentou e sei que ela não gostou. Antes de eu sair, minha mãe disse:
Abud, ganhe presentes dela também.

161 curtiram

9 de maio de 2012 às 02:16

No meu quarto, tem um túnel secreto para o Qatar.

67 curtiram

9 de maio de 2012 às 09:57

A despeito da guerra civil / esta manhã vou convencer minha mãe de que ela é drusa / em outra manhã, vou convencê-la de que ela é curda / então vou convencê-la de que nós não somos sunitas e nossos estúpidos ancestrais nos enganaram, pois somos alauítas / Numa noite chuvosa, vou convencê-la de que somos judeus. Direi a ela: mãe, nós somos o povo escolhido de Deus. Em algum momento, quando a estiver ensinando a fumar, vou pedir que dê um longo trago, dizendo: mãe, tragues fundo e engula a fumaça.
Quando ela o fizer, vou convencê-la de que somos ateus.

263 curtiram

9 de maio de 2012 às 12:25

Também a despeito da guerra civil: enquanto eu e minha mãe estávamos fumando, eu disse: mãe, trague fundo. Trague até sentir a fumaça brincando no seu coração.
Minha mãe traga e ri contente.
— Mãe, ouça-me: você não quer entrar no paraíso?

— Repita comigo: fodam-se os sunitas, os xiitas, os cristãos, os drusos, os judeus, os hereges, os muçulmanos, todos eles...
Minha mãe hesita, me olha com os olhos vermelhos por causa da fumaça dos cigarros e me pergunta:
— Podemos dizer essas coisas???
— Claro que podemos, mãe! E como podemos!!!

210 curtiram

12 de maio de 2012 às 19:21

Meu amor, agora eu realmente te venderia por um botijão de gás.

97 curtiram

13 de maio de 2012 às 01:47

Minha mãe senta ao meu lado enquanto fuço as fotos das minhas amigas. Sempre que abro uma foto sexy de alguma delas, ela se espanta e me pergunta: quem é esta? Eu digo: mãe, ela é cristã.

152 curtiram

13 de maio de 2012 às 13:49

Vou me ausentar por um tempinho do Facebook por causa das provas. Não me traiam. Não postem fotos estúpidas no meu mural. Não escrevam "Liberdade a Abud Said!" no meu mural. Que ninguém reivindique ser o cara mais esperto no Facebook. Não deem em cima das minhas namoradas. Não escrevam poemas na minha ausência que eu não tenha o prazer de ignorar. Mandemme mensagens: escrevam que vocês querem meu número de telefone para se tranquilizarem. Pensem em um relacionamento comigo, pois voltarei solteiro, livre de qualquer relacionamento, e não me responsabilizo por nenhum "eu te amo" que eu tenha dito no Facebook.

231 curtiram

14 de maio de 2012 às 00:46

Se eu fosse desenhista, desenharia Deus no fundo de um tribunal, dentro da cela do acusado.
Uma criança senegalesa como o promotor que lhe dirige acusações.
Minha mãe segurando um martelinho de madeira.
Eu, um dos presentes na fileira de acusados.
Sempre que faço um barulho, minha mãe bate o martelo na mesa e diz:
"Ordem, por favor, ordem!"

199 curtiram

22 de maio de 2012 às 18:01

Digo e repito: os chinelos da minha mãe são mais importantes que a União Geral das Mulheres. Mais importantes que os livros da Nawal Al-Saadawi. Mais importantes que Khawla Bint Al-Azwar e o traseiro da Shakira.
Mais importantes que aquelas mulheres que posam nuas por uma causa qualquer.
Minha mãe nunca foi ao Tibete, nunca usou biquíni, nem sabe sentar num vaso sanitário. Minha mãe, que se

embaraça e nunca sabe o que dizer quando minha namorada pergunta:
"Como vai a senhora?"
Minha mãe usa chinelos de plástico que são mais importantes que todas as causas do mundo.

215 curtiram

22 de maio de 2012 às 21:09

Quando ela acorda: será que ela toma café em uma xícara de chá, como eu, ou numa caneca colorida com personagens de desenho animado?!

57 curtiram

22 de maio de 2012 às 21:21

Será que a geladeira dela é lisa como a nossa, ou coberta de ímãs de vegetais e frutas?

60 curtiram

26 de maio de 2012 às 00:01

Esta criança que puxa a barra do vestido da mãe quando está na rua, chorando e dizendo: mãe, vá pra casa! Vá pra casa ou meus irmãos vão morrer sozinhos lá.
Esta criança é você.

96 curtiram

27 de maio de 2012 às 07:21

Juro que se não fosse o meu medo da solidão facebookiana, eu excluía meus amigos um a um.

82 curtiram

27 de maio de 2012 às 06:32

Ontem, em uma das manifestações, quando eu estava no meio da multidão, só me ocorria um grito: Allahu Akbar... Allahu Akbar um milhão de vezes.

82 curtiram

28 de maio de 2012 às 15:03

Toda vez que eles dizem "grupos armados" / uma gargalhada coletiva ecoa do cemitério

247 curtiram

30 de maio de 2012 às 23:00

Minha colega da universidade / para quem eu mandei 256 mensagens no Facebook / nunca respondeu nenhuma sequer.
Ouvi dizer que ela diz: Abud me manda cartas-bomba.
A última mensagem foi:
Quando você dança / eu digo que você é uma marionete movida por Deus, com fios transparentes que descem do céu.
Logo em seguida, ela me bloqueou.

111 curtiram

31 de maio de 2012 às 01:14

Confissão 1:
Antes de dormir, quando ponho a cabeça no travesseiro / temo a Deus.

89 curtiram

31 de maio de 2012 às 01:32

Estou em um relacionamento com mais de 150 mulheres.

64 curtiram

1 de junho de 2012 às 02:56

Confissão 19:
Eu gosto de quando a minha mãe chora / e sempre coloco as músicas que a fazem chorar.

45 curtiram

2 de junho de 2012 às 01:18

Confissão 24:
Minha mãe chorou por Hosni Mubarak quando o juiz disse: eu o sentencio à prisão perpétua...

69 curtiram

4 de junho de 2012 às 19:54

Confissão 32:
Espero que o seu celular caro quebre.

33 curtiram

4 de junho de 2012 às 21:03

Confissão 35:
Para mim, dizer "bom dia" é como dizer "unidade, liberdade, socialismo".

85 curtiram

5 de junho de 2012 às 14:25

Esta é a primeira vez que trago meu computador pessoal para o trabalho. Agora, os funcionários vão aumentando, se reunindo em volta de mim e me deixando maluco. Um quer que eu envie um toque para o celular dele, outro aponta o dedo para uma foto da Rola El-Hussein e diz: abre essa foto.
Um garoto sussurra no ouvido do outro: esse é o Facebook, você viu?
Meu vizinho me pergunta: Abud, é verdade que aqui você pode dizer o que quiser sobre o governo?!

221 curtiram

7 de junho de 2012 às 09:32

Esta manhã acordei / esfregando os olhos e resmungando: manhã, sua maldita... maldita seja...
Procurei minha mãe, não a encontrei / Em frente à porta de casa, há uma grande pedra onde às vezes minha mãe se senta.
Fui até lá, não a encontrei / então a vi no jardim de casa. Ela tinha o vestido levantado até acima dos joelhos e amarrado na cintura / Estava descalça, segurando uma pá / suas calças esburacadas, o suor pingando de sua

testa / Cavava ao lado de uma pilha de livros e outras coisas.
Dentre elas, eu lembro: o Alcorão, Assim Falou Zaratustra, fitas K7 do Sheikh Imam, minha carteira de identidade e a dela, o Livro do Nacionalismo Árabe, um bule com um entalhe de duas espadas cruzadas e os nomes de Deus e do profeta, meu computador... e outras coisas.
— O que você tá fazendo, mãe?!
— Estou tentando te proteger de um massacre, meu filho! Essas coisas já nos arruinaram e vão acabar nos matando!

271 curtiram

12 de junho de 2012 às 15:43

Confissão 41:
Eu nunca vi uma mulher de biquíni na minha vida.

91 curtiram

12 de junho de 2012 às 16:09

Confissão 42:
Em casa, nós não damos risada juntos / Esperamos alguém nos visitar para rir com eles.

170 curtiram

15 de junho de 2012 às 21:21

Até a minha mãe já me apresenta às convidadas da vizinhança e aos parentes assim: este é meu filhinho Abud, o cara mais esperto do Facebook.

175 curtiram

17 de junho de 2012 às 02:13

Confissão 46:
Só fui a Damasco uma ou duas vezes. Nunca na minha vida comi com garfo e faca.
Nunca dirigi um carro, não sei nem nadar nem boiar, nunca andei de trem.
Nunca andei de avião, não sei o que são os "Prolegômenos" de Ibn Khaldun, e toda vez que digo que vou pesquisar sobre eles no Google, esqueço. Nunca vi um iPad, e de animais, insetos e pássaros, só conheço formigas, moscas, passarinhos vagabundos e o cachorro da vizinha do meu irmão Muhammad Said.
Rezei na mesquita só uma vez, quando estava no primário, e o clima estava quente.
Em um ano e meio, rezei algumas vezes e sem fazer abluções. Os clipes do YouTube, que meus amigos me mandam por mensagem ou no meu mural, eu não vejo. Há anos eu digo que escuto jazz, mas na verdade só conheço Louis Armstrong. Nunca li O Amor nos Tempos do Cólera, nunca acariciei as bochechas de uma garota que não fosse minha irmã ou prima. Nunca escrevi um texto num papel.
Nunca me apaixonei por uma garota. Nunca fui amigo de um sheikh, nem de um policial, nem de um cavalheiro respeitável.

Em casa, não tenho armário. Tenho uma gaveta onde eu coloco meus poucos livros, minhas meias, minhas cuecas, um isqueiro preto que ganhei de Nur Khwais, alguns DVDs e outras coisas que não vale a pena mencionar.

178 curtiram

20 de junho de 2012 às 12:14

Eu trabalho em uma oficina / meu computador fica no canto.
À minha frente, senta um garoto que trabalha comigo, Ibrahim.
Eu disse pra ele: Ibrahim, sempre que você vir um ponto vermelho ou uma notificação, me avise.
Agora, a cada minuto, Ibrahim diz em voz alta:
Abud, curtida do fulano, comentário da fulana.
E quando ele diz: Abud, curtida da Rola El-Hussein...
todos os funcionários largam o que estão fazendo e correm em direção ao meu computador.

149 curtiram

23 de junho de 2012 às 11:25

Aqui é o Ibrahim, o garoto que trabalha com Abud.
Eu também sou um intelectual como ele
e um dissidente como ele.
Não gosto de morte
e não gosto de humilhação
mas eu gosto da Dima Bayaa.

186 curtiram

23 de junho de 2012 às 12:03

Agora é o Abud.

48 curtiram

23 de junho de 2012 às 15:32

Eu penso: será que tem menos morte no Twitter?!

124 curtiram

28 de junho de 2012 às 17:01

Confissão 51:
Continuarei escrevendo até chegar um tanque na porta da minha casa.

112 curtiram

28 de junho de 2012 às 17:10

Confissão 52:
O Ibrahim é de verdade / eu sou o fictício.

52 curtiram

29 de junho de 2012 às 05:52

Minha mãe entra no meu quarto, de repente, sem bater na porta.
Em casa, nós não batemos nas portas uns dos outros.
Na verdade, é um quarto só.
Eu digo que o quarto é meu / minha mãe diz que o quarto é dela, os convidados dizem que o quarto é nosso e meu irmão mais velho, quando está nervoso, diz: saiam do meu quarto!

Minha mãe entra de repente / lenços espalhados aqui e ali / molhados de sêmen e medo.
No cinzeiro, quase não cabe outra bituca.
O livro de Hassan Blassim, Louco da Praça da Liberdade.
O melhor do heavy metal: Devil Doll.
— Abud, por que você não dorme?
— Chegue mais, mãe. Aproxime-se, pegue um cigarro, fume.
Minha mãe se senta no chão de pernas cruzadas.
Coloca o cigarro entre os lábios, então eu o acendo com meu isqueiro.
Não sei onde minha mãe aprendeu a fazer isso:
dar batidinhas na minha mão quando acendo o cigarro para ela.
Fume, mãe, fume. Solte o fogo que está dentro de você como um dragão... Fume...
Mãe, você não acha que a Eva Rose é mesmo a atriz pornô mais bonita?
Mãe, eu já bati uma três vezes.
Mãe, este é o vídeo do jovem que pegaram, torturaram, queimaram o corpo e jogaram na rua.
Mãe, quando eu tento gostar dela, machuca.
Mãe, quero ir a Damasco quando houver um milhão de tanques na rua.
Mãe, posso te servir um copo de vodca?
Minha mãe acaba o cigarro incrivelmente rápido.
Mãe, Paul Shaul diz:
"Lábios quentes queimam cigarros antes dos fósforos".
Mãe, quero fazer amizade com os mortos e assassinados
e comprar um gato
e um currículo

e dos grandes, mãe, um currículo dos grandes.
Quero casar com Salma Al-Masri
e quero uma ambulância para nos levar do cemitério
para casa.
Minha mãe acende outro cigarro.
Mãe, Paul Shaul diz: "A fumaça também é uma perda".
Mãe, hoje ganhei um presente da minha namorada.
Ela estava de calça jeans azul.
Mãe, eu não dei nada pra ela, como você gosta.
Eu disse: vou te dar minha língua.
Mãe...
— Abud, levante, lave as mãos e o rosto e vá buscar pão,
que já são sete da manhã.

245 curtiram

30 de junho de 2012 às 14:56

Aqui é o Ibrahim. Estas curtidas que eu dou aqui e ali
não necessariamente refletem o gosto do meu amo, Abud
Said.

76 curtiram

1 de julho de 2012 às 12:30

Aqui é o Ibrahim / meu amo, Abud, está dormindo / meu
amo Abud acha:
que o sono é mais belo que a morte e o amor.

99 curtiram

3 de julho de 2012 às 19:16

Mandei um pedido de amizade para Salma Al-Masri e uma cutucada.

58 curtiram

10 de julho de 2012 às 01:46

Algum dia, nós vamos sair da tela / vencedores

73 curtiram

15 de julho de 2012 às 03:26

Quanto maior o número de amigos / maior a solidão

156 curtiram

28 de julho de 2012 às 22:53

Antes, eu abria o chat, escolhia a garota mais bonita entre os contatos e, direto e sem qualquer introdução, escrevia pra ela: eu te amo.
Agora, não posso mais fazer isso. A morte pode vir a qualquer momento. Imagine se eu estiver escrevendo "eu te amo" e cair um míssil bem na cabeça dela? Uma catástrofe...
A morte não seria a catástrofe / como dizem aqui, a morte é um peido.
Catástrofe seria uma história de amor acabar assim...

175 curtiram

29 de julho de 2012 às 00:42

Caso bombardeiem o meu computador e a mim, alguém no exterior vai administrar minha conta do Facebook.
Nada vai mudar.
Minha foto de perfil continuará como está / de pinta e cigarro.
Meus amigos continuarão / o número pode variar.
As paixões / nós continuaremos enquanto houver teclas no teclado.
Os poetas / fodam-se seus murais do Facebook, um a um.
A morte / excluo um amigo e aceito o pedido de outro que esperava há meses.
A revolução / se levantou e o Facebook tomou o seu lugar.

120 curtiram

31 de julho de 2012 às 10:03

— E aí? Conte de você! Vocês ainda estão com problemas?
— Não são problemas, é uma revolução.

147 curtiram

31 de julho de 2012 às 16:19

A vida toda nos puniram e nos culparam por não rezarmos e não jejuarmos.
Hoje se zangam por causa de nossas barbas e por dizermos "Allahu Akbar"!!!! Ah, a cegueira...

90 curtiram

3 de agosto de 2012 às 03:45

Nada que se diz da revolução na mídia e no Facebook vale dois centavos.
Provavelmente, Alepo e as redondezas serão destruídas.
Nós seremos dispersados e começaremos a vagar. Vamos aprender a arte do horror, de pular, de correr e de xingar.
Cada um de nós será uma enciclopédia ambulante de horror, medo e bestialidade. Isto se não morrermos primeiro.
Agora, declarar amor à cidade e adorá-la é patético!!!
Disseram: esconda-se debaixo da escada, ou no banheiro, ou num abrigo.
Veio um míssil e destruiu a escada, o banheiro e o abrigo.
Disseram: Allahu Akbar!!! Tudo foi destruído, mas sobrou a palavra "Deus" no muro.
Veio uma bala amiga e destruiu Deus e o muro.
O pedido:
que você seja um predador, mas não um monstro
que você escolha a maneira mais bonita de morrer.
Antes disso, precisa:
enfiar metade do seu pé na boca de Haitham Al-Maleh
e a outra metade na boca de todos aqueles que te pedem para ser pacífico, pacifista... ah, o que é que eu sei!

212 curtiram

5 de agosto de 2012 às 11:03

Quem dera ela soubesse / como eu sou importante no Facebook

85 curtiram

5 de agosto de 2012 às 13:46

Nas manifestações, quando grito no meio da multidão "Liberdade para sempre! Goste você ou não, Assad!" pego meu celular / abro, fecho e digo: quem dera ela me ligasse!!!

101 curtiram

6 de agosto de 2012 às 01:10

Ela mudou a foto do perfil / sem dar a mínima para o meu pedido de amizade pendente

80 curtiram

9 de agosto de 2012 às 13:31

Meu amo Abud / quer que eu fique debaixo do sol forte fiscalizando o céu / para avisá-lo quando passar um avião.
Enquanto isso, ele trabalha na oficina com um cigarro na boca dizendo a um dos clientes: eu jejuo, rezo e apoio os revolucionários...

94 curtiram

11 de agosto de 2012 às 13:50

Tem um terrorista bonito em frente a nossa casa.

98 curtiram

11 de agosto de 2012 às 10:49

O massacre passou gentilmente...

76 curtiram

16 de agosto de 2012 às 19:03

Ontem, meu irmão mais velho virou meu amigo no Facebook.
Naturalmente, ele me mandou um pedido de amizade e eu aceitei sem condições, nem resistência
sem sequer deixá-lo na lista de espera / Não tive escolha.
Por isso, peço a todos que me poupem de escândalos na frente do meu irmão
e das cantadas publicadas no meu mural.
De agora em diante, vou pensar muito bem em tudo que for postar na minha página
e vou curtir tudo que meu irmão postar, seja o que for.
Vou curtir todos os posts, fotos e comentários dele... vou curtir até o ódio dele.
Nota:
Meu irmão deve estar correndo minha página e pensando que nomes como Alma Intabli, Luise Abd Al-Karim, Islam Abu Shakir, May Skaf, Rim Al-Banna, etc. são nomes fictícios, falsos, não de amigos de verdade.
Não importa. Ele não se convence nem acredita que essas pessoas possam ser meus amigos.
Quer dizer, onde, como, quando e por que alguém como May Skaf viria a Manbij...?

139 curtiram

22 de agosto de 2012 às 20:20

Aumentem as notícias urgentes / porque nossa TV é muito pequena

128 curtiram

23 de agosto de 2012 às 17:05

Depois do bombardeio, passei a ter 278 namoradas.

70 curtiram

25 de agosto de 2012 às 13:21

Enquanto minha vizinha bonita jogava água na frente da casa dela
eu estava na varanda, fumando. Fumando para convencê-la
de que estou muito ocupado, e não sozinho. Fumando para bater
as cinzas do meu cigarro na frente dela. Fumando para xingar o ditador
a cada trago. Fumando para que a fumaça queime meus olhos
até lacrimejarem e minha mãe ache que estou chorando a morte dos meus amigos
Fumando e fazendo uma nuvem de fumaça para que o mundo civilizado veja
que a nossa casa está queimando, e nos envie bombeiros e o resgate
Fumando para minha mãe não parar de fumar.

205 curtiram

25 de agosto de 2012 às 22:43

Toda vez que ela me pergunta: você gosta de mim?
Eu digo a ela: minha mãe está sentada ao meu lado.

101 curtiram

18 de agosto de 2012 às 21:26

Às vezes eu penso em criar uma conta no Facebook para minha mãe.
Hesito, temo que o espírito dela se corrompa. Ou que ela aprenda a formar opiniões
e ter ideais. Então, digo a mim mesmo: deixe-a como está, um espírito livre, dizendo o que pensa
sem censura, sem que ninguém venha corrigir seus erros de ortografia ou gramática. Deixe-a sem saber a diferença entre
xiismo e comunismo. Sem saber que existem batons que custam mais de 1.000 liras.

200 curtiram

19 de setembro de 2012 às 12:01

Tudo o que me importa neste momento / é importunar o vizinho com canções revolucionárias

105 curtiram

19 de setembro de 2012 às 12:21

Tosse de tanque.

73 curtiram

22 de setembro de 2012 às 15:08

O Facebook me pergunta: no que você está pensando?
OK, serei claro com você apenas uma vez.
Vou te contar a minha história, idiota. Ouça:
Eu tinha muitos irmãos e dormíamos no mesmo quarto
Eu usava uma camisa da seleção argentina
As faixas azuis desbotaram e ela ficou branca como a neve
Meu pai batia na minha mãe. Como eu ficava feliz
Minha namorada casou com uma besta
Meu irmão vendeu as próprias calças para ir a um musical da Fairuz
E eu sem nem uma maçã
O ditador nos ataca todo dia / e nós berramos como ovelhas
Não tenho sonhos. Nem os que perturbam
Tudo que eu queria era que a tecnologia chegasse à casa da minha vizinha
para fazermos amor pelo Facebook
Odeio Mahmud Darwish, adoro o Handala e sempre quis
que ele se virasse para nós
Quando fumo Marlboro, xingo os pobres e chuto os mendigos
Quando acabo de fumar, digo:
boicotem produtos americanos!
Roo as unhas e traio minha namorada uma vez por dia
e penso em um ataque suicida virtual:
uso um cinto explosivo e meus amigos virtuais se aglomeram
em volta de um post e eu me explodo.

261 curtiram

25 de setembro de 2012 às 15:09

Eu sou o maior ferreiro da zona industrial.

88 curtiram

25 de setembro de 2012 às 18:41

Confissão 55:
Estou aqui solitário. Tudo à minha volta também está solitário / Eu e minha mãe dividimos a solidão com igualdade.

93 curtiram

25 de setembro de 2012 às 21:42

Confissão 56:
A única palavra que não consigo explicar para a minha mãe é “lol”.

124 curtiram

26 de setembro de 2012 às 07:24

Confissão 60:
Eu sei que você está aqui agora. Neste momento / sinto sua presença
aqui entre as fotos dos meus amigos / à esquerda da tela / encoberta
Ou talvez seja você batendo papo comigo com um nome falso
Posso sentir o cheiro do suor que eu te provoco

106 curtiram

29 de setembro de 2012 às 15:40

Aqui é o Ibrahim / meu amo Abud não está aqui agora /
Ele foi andar de moto
Quando anda de moto, meu amo abre os botões da camisa
e acelera muito, imitando o Batman
Meu amo acha que, quando ele pilota a moto, todos os amigos dele do Facebook estão olhando.

177 curtiram

3 de outubro de 2012 às 11:25

A primeira coisa que faço depois de abrir os olhos: ligo a TV. Vejo o a contagem de mortos. Vejo ruínas e destruição. Vejo Rim, a bebezinha, debaixo dos escombros, chorando e pedindo água. Estendo a mão para a tela e enxugo suas lágrimas. Vejo cápsulas de balas vazias (dizem que são feitas de cobre original e valioso). Procuro por elas na tela. Estou pensando em juntá-las e vendê-las para comprar cigarros e haxixe. Vejo o sangue escorrendo. Estendo a língua e começo a lamber a tela. Vejo cadáveres dos executados com as mãos amarradas atrás das costas. Estendo a mão para a tela e tento desamarrar a corda, tirar as vendas de seus olhos e libertá-los, porque ninguém mais parece capaz de nos livrar desse regime cretino, só os mortos. Porque os mortos, ao contrário de nós, vivos, não têm nada a perder.
Às vezes, eu vejo a apresentadora e tiro a roupa. Antes de acontecer qualquer coisa, ouço dizerem na tela:

Takbir! Coloco a roupa de volta bem rápido e começo a repetir: Allahu Akbar... Allahu Akbar... Allahu Akbar

197 curtiram

4 de outubro de 2012 às 23:17

Há muito tempo, quando eu era aluno no ensino fundamental, eu odiava a escola e odiava as aulas. Cabulava várias aulas sem que meus pais soubessem. Sempre que chegava o dia da prova, eu torcia para que acontecesse um milagre e as aulas fossem canceladas ou adiadas. Tipo a escola explodir.
Agora eu olho em êxtase para todas essas escolas destruídas.

149 curtiram

5 de outubro de 2012 às 02:22

Odeio o Facebook. Penso em chamar Azrael para arrancar minha alma desta tela.
De que te vale ter amigos de cores diferentes, muitas fotos e uma alma virtual se, na realidade, você é incapaz de passar meia hora em companhia de uma pessoa de carne e sangue?!
A alguns metros de distância daqui, bem em frente à porta, tem uns cachorros destroçando sacos de lixo. Cachorros marginais, covardes e inocentes como eu. Eu penso: por que não há cachorros no Facebook?! Tipo "o cachorro fulano curtiu o post da cachorra fulana", "o cachorro fulano iniciou um relacionamento com uma cachorra que não está em sua lista de amigos cachorros"! (E por que não?)

Naturalmente, aqui os cachorros não dividem o espaço em igualdade, pois há cachorros grandes e cachorros pequenos. O cachorro grande não curte nada do cachorro pequeno, mesmo que este tenha caninos bem afiados.
A vida aqui ficou chata em termos de amor, paixão e virtudes humanas, mas não posso negar que de uma coisa eu gosto: não há cemitério aqui no Facebook.
Agora eu poderia formar a minha gangue (os Filhos da Comunidade, por exemplo). Nós iríamos às páginas dos pobres e desabrigados e faríamos como fizeram os habitantes de Montmartre, no mercado de peixe, quando devoraram o corpo de Jean-Baptiste Grenouille "pedacinho a pedacinho, tamanho o fabuloso amor".
Vou até a página da minha bela amiga com os maiores peitos virtuais para devorá-la até que não sobre poeira nem confete.
Agora que estou morrendo, preciso deixar uma pequena recomendação aos meus amigos virtuais:
— De fato, enganei vocês durante todo esse tempo. Na verdade, finalmente descobri que eu venderia vocês por um maço de cigarros, a minha mãe por uma noite de sono, a minha nação pela minha mãe e a mim mesmo por um momento de vitória, como quando você joga uma pedrinha em um gato e ele foge.
De fato, eu os enganei e, sempre que a luz caía, morria de dar risada de vocês. Peguem a minha página e façam dela o que bem entenderem. Transformem-na num hospício, numa ruína, num albergue... Mas não deixem os cachorros entrarem.

256 curtiram

22 de outubro de 2012 às 23:53

Alguns talvez estejam se perguntando sobre o motivo de eu ter parado de escrever nos últimos dias, e provavelmente também nos próximos. Foi por causa da minha preocupação em escrever para o futuro.
Vou continuar escrevendo e salvando para que esta página continue mesmo depois que eu morrer ou sumir.
Ibrahim continuará e existe outra personagem reserva que vai aparecer caso alguma coisa ruim aconteça com ele.
Já temos posts suficientes para o Ibrahim pelos próximos 3 anos.
Takbiiiiir!

165 curtiram

28 de outubro de 2012 às 19:57

A minha formulação de que "eu sou o mais esperto aqui no Facebook" chegou à Future TV. Nisso, a bela apresentadora de cabelos curtos Shaima Oubari respondeu: "que absurdo é esse? E sobre qual fundamento ele é o mais esperto?!"
Digo sem cerimônia: de fato, perdi muitos amigos por causa dessa frase. Cada vez que escrevo "eu sou o mais esperto do Facebook", perco 5 amigos. Mas continuo a qualquer custo, mesmo que eu reste sozinho, divagando comigo mesmo e gritando no vazio: eu sou o mais esperto do Facebook... eu sou o mais esperto do Facebook... eu sou o mais esperto do Facebook...

124 curtiram

31 de outubro de 2012 às 17:45

Aqui é o Ibrahim e sinto a falta de todos vocês. Tem um jovem idiota e ignorante de 31 anos de idade que trabalha na oficina em frente à nossa. Na zona industrial, ele é conhecido como "o Sensor". O Sensor é um jovem alto, não lê, não escreve, não mente e não liga para notícias. Até hoje não ficou sabendo do furacão Sandy e faz mais de quatro refeições por dia. Adora Murad Alam Dar, filmes de ação e sonha com uma pistola de ouro como a do Nicolas Cage no filme *A Outra Face*.

O Sensor não é chamado assim por ser sensível. Pelo contrário, ele é insensível, apesar de ter uma bela voz e saber cantar. Mas ele não gosta da própria voz e odeia quando alguém o grava, como Bukowski, que disse "certa vez, me gravei lendo meus poemas e quando escutei parecia um leão no zoológico rugindo violentamente como se agonizasse de dor".

O Sensor ganhou esse apelido porque trabalhava no conserto de eletrônicos e tirava todos os sensores e dispositivos de segurança de todos os aparelhos que consertava. Assim, fazia-os trabalhar como uma mula, até quebrarem.

Hoje, o Sensor veio até meu amo Abud e disse, ansioso: Eu te vi! Te vi na Future TV! Estavam dizendo que você é o homem mais inteligente do mundo. E tinha uma moça que não gostou disso.............

O Sensor falava empolgado, xingando a moça, e meu amo Abud oferecia-lhe cigarros e dizia: Conte mais... conte mais.

162 curtiram

6 de novembro de 2012 às 12:35

Diálogo democrático entre um apoiador do regime e um opositor em Manbij:
— Você é um irmão muçulmano salafita! Que liberdade é essa que você quer?
— Eu, salafita?! Meu querido, quando eu estava bebendo áraque, onde você estava?!

166 curtiram

12 de novembro de 2012 às 05:12

Antigas doenças e complexos crônicos II:
Você foge da escola, vai para as ruínas e jardins procurar um geco, um animal da classe dos répteis, algo parecido com um crocodilo, mas do tamanho de um dedo e muito veloz. Apesar disto, você pode capturá-lo, mas tome cuidado! Nós o queremos vivo, como queremos o ditador vivo.
Você o coloca num frasco com a tampa tão apertada que não deixa entrar nem um átomo de oxigênio. Você o aprisiona ali sem comida, bebida ou ar. Sempre que notar que ele está prestes a morrer, você abre um pouquinho a tampa para deixá-lo respirar. Não para libertá-lo, mas para ele permanecer vivo e continuar sofrendo. Deixe-o morrer sem sequer um arranhão, sem derramar uma gota de sangue. Deixe-o morrer assim, como nós estamos morrendo.
Quando acabar, curve sua cauda e molhe-o com água e sal. Coloque-o ao sol para fazer um belo ícone.
Para desafiar a diretora e sua camiseta cara da Lacoste, grude este lindo geco na sua camisa e vá até ela na escola

e diga: este é o geco que vai devorar o crocodilo idiota no seu peito.

174 curtiram

13 de novembro de 2012 às 21:24

O problema, Rim, é que seu mural é bloqueado. Claro, isto é natural. Todos os famosos têm seu murais bloqueados. Mas vou te marcar neste post mesmo assim e talvez ele chegue ao seu mural:
Como um guerrilheiro do Exército Livre fugindo das balas dos atiradores de elite, vou esburacar e demolir os murais de todos os nossos amigos em comum, atravessando as ranhuras e me esgueirando, mural a mural, até chegar no topo do seu. Como todos os seus amigos se reúnem numa única lista, vou disparar uma única bala e declarar seu mural uma zona liberada.

109 curtiram

16 de novembro de 2012 às 10:41

Parece que nós somos um povo ganancioso. Queremos paz, liberdade, justiça e igualdade. E o que é mais ridículo: queremos que a matança acabe!!!! Não só as páginas estão cheias de armas, como as mulheres, os homens, as crianças, os idosos, os âncoras de jornal, Ziad Rahbani e até mesmo as páginas das organizações de direitos humanos estão armadas.
Todo mundo dorme com uma pistola embaixo da foto do perfil, e o Facebook está cheio de blitz armadas!!!! Todos usam cintos de explosivos...

Neste momento, está acontecendo uma manifestação virtual: “Somos todos Frente Al-Nusra..... Takbir!”
E agora, exatamente ao mesmo tempo:
— Me conte: qual é a cor da sua calça jeans?
— Marrom...
Takbiiiiiir!

148 curtiram

20 de novembro de 2012 às 03:01

Sinceramente
Eu não estava no banheiro
Nem tinha visita
Nem estava falando ao telefone
Minha mãe não estava me chamando
Meu irmão menor não estava chorando
Não estava acontecendo um bombardeio
Nem caiu a luz
A internet não desconectou
E eu não estava jantando
Eu estava te traindo.

141 curtiram

20 de novembro de 2012 às 03:36

Ela me pergunta no Facebook: você me ama?
Eu digo: eu te amo...
Ela me diz com toda a seriedade: prove!!
Eu vou até a página dela e, sem ler nada, curto tudo que ela postou.

118 curtiram

20 de novembro de 2012 às 04:47

Minha mãe me perguntando sobre o post que eu escrevi:
— O que você escreveu?
— Manifestação virtual.
Minha mãe ri, ri e continua rindo
Minha mãe, que passa o dia inteiro chorando / está rolando no chão
De tanto dar risada.

139 curtiram

20 de novembro de 2012 às 05:09

Depois de uma longa noite acordado com a minha mãe no Facebook
Ela vira e resmunga:
— Todos os vizinhos fizeram patê de tomate, menos nós.
— E daí, mãe? Nós estávamos falando sobre tecnocracia e outras questões importantes!

200 curtiram

21 de novembro de 2012 às 18:20

Minha namorada diz: a revolução só seria bonita e grandiosa se fosse
na China, por exemplo, ou na televisão.

90 curtiram

21 de novembro de 2012 às 22:21

Maldita vida em que você está dormindo e seu dia começa assim:

"Levante, levante! Um caça! Levante!"

108 curtiram

24 de novembro de 2012 às 16:20

— Como vai a vida? E a situação de vocês?
— Então... liberdade e bombardeios...

101 curtiram

25 de novembro de 2012 às 02:45

No telefone / bem quando ela decidiu me contar o que estava vestindo / o avião soltou a bomba

103 curtiram

25 de novembro de 2012 às 04:21

Ela diz: fale sobre você e me conquiste!
Eu sou Abud Said e tenho 312 namoradas além de você...
Vivo num Emirado Islâmico desde que uma criança de Daraa
escreveu "abaixo o regime" no muro da escola.
Na minha infância, roubei uma galinha e degolei-a com um caco de vidro
que encontrei no lixo. Então juntei lenha e algumas sacolas de nylon
e comecei a assá-la / Assei-a com as penas.
Uma vez, eu e meus amigos fugimos da aula de religião
e fomos fumar. Como Renato, no filme Malena,
cada um de nós media o próprio pinto e dizia quantos centímetros tinha.

Mentíamos. Aumentávamos e inventávamos o resultado
como uma mulher quando lhe perguntam a idade.
Na universidade, eu gostava de uma moça que usava uns
braceletes de plástico
Ela gostava de Tamer Hosni e tinha o peito coberto de
sardas
Ela sempre escrevia em suas anotações de aula palavras
como
FUCK OFF / FUCK ALL
Às vezes, ela desenhava um rosto sorridente na ponta do
dedo.
Lembrei que Karim Sami escreveu em seu romance
O Quarto do Senhor Bahr:
"Os sonhos de algumas moças são mais belos do que
poemas consagrados de grandes poetas"
A constante aversão dela nunca me impediu de visitar a
sua página todo dia.
Às vezes, perco a razão e sonho que se decrete uma
região isolada ou proibida para voos
sobre a minha cidade / só pra ela ter que vir pra cá.
Eu sou Abud Said e tenho 312 namoradas além de você.
Ouço canções iraquianas que me fazem chorar, mesmo
que eu ache que meu coração é de pedra.
Adoro a poesia de Samir Abu Hawash e Imad Abu
Saleh.
Li o livro Florecer dos Bosques no Conhecimento do
Foder, de Al-Suyuti
E, apesar disso, sempre assisto filmes pornô e gosto.
O que mais me impressiona no gênero "outdoor"
são os pedestres e os carros passando no fundo da cena
indiferentes àquelas pessoas peladas, como se estivessem
na "calçada da ressurreição".

Eu sou Abud Said e vivo num Emirado Islâmico
como você diz...
Acredite, eu não sei como te conquistar
e se você me forçar, eu te direi, por exemplo: que vejo seu rosto a cada dia
numa moeda diferente, ou que o som da marreta parece a sua voz
ou que as faíscas que voam da máquina de solda
são quentes como os seus peitos... e assim por diante.

162 curtiram

3 de dezembro de 2012 às 14:04

Aqui é o Ibrahim. Meu amo Abud está com os dias contados / abaixo os tiranos!

93 curtiram

6 de dezembro de 2012 às 09:17

Quem dera ela soubesse que foi por causa do cigarro dela / que eu ensinei minha mãe a fumar

103 curtiram

6 de dezembro de 2012 às 22:47

Meu desejo é tão grande que às vezes digo: espero que ela seja parada numa blitz da Frente Al-Nusra.

110 curtiram

8 de dezembro de 2012 às 11:21

No Facebook somos todos traidores de uma forma bonita e interessante
então por que toda esta falsa lealdade na horrorosa vida real?!

104 curtiram

10 de dezembro de 2012 às 13:29

Eu fumo Marlboro / Irritada, minha mãe pergunta: isso é caro, não?!

109 curtiram

10 de dezembro de 2012 às 22:48

Eu achava que ela estava aqui por minha causa...
Toda vez que ela aparece para mim e o retângulo no topo esquerdo da tela diz
"Ela curtiu o link de fulano... Ela comentou o post de fulana..."
acendo um cigarro e xingo Ibrahim.

109 curtiram

15 de dezembro de 2012 às 04:32

Finalmente, descobrimos que revoluções só podem acontecer em países
que conhecem ou vivem um certo grau de democracia e têm algum respeito pelas liberdades. A revolução só triunfa contra governantes
que respeitam seus povos pelo menos um pouco.

114 curtiram

16 de dezembro de 2012 às 23:15

Desde o começo da gloriosa revolução síria, eu estou praticando pronunciar o nome do canal France 24
France dan kat
Fransan kat
France dan khat
...
E as tentativas continuam...

142 curtiram

1 de janeiro de 2013 às 09:02

Vou casar com Suaad e sair do Facebook.
Suaad que me mandou uma mensagem SMS
agora há pouco dizendo: "Yasser, me ligue no fixo.
É a Suaad"

157 curtiram

2 de janeiro de 2013 às 11:18

Allahu Akbar Allahu Akbar Allahu Akbar
Fodam-se a história e todas a velas que se queimaram por ela, foda-se o Ano Novo que meu amigo Fadi passou em Long Beach, Califórnia.
Fodam-se os cumprimentos que me mandam nos feriados e foda-se Yasser, esse cachorro de quem a Suaad gosta.
Foda-se o comitê que escolheu o homem do ano e me deixou de fora.
Foda-se tudo que eu escrevi ano passado, menos o telefone da Salma Al-Masri.

Fodam-se a Fairuz e as canções dos belos tempos.
Fodam-se a mijana, a daluana e o abu azzilf.
Foda-se o café da manhã / a pobreza / os barris de diesel pretos, amarelos e Lakhdar Brahimi.
Fodam-se os teóricos da utopia, fodam-se os comentaristas políticos e as previsões de Michel Hayek e Laila Abd Al-Latif. Fodam-se o estruturalismo, o pós-estruturalismo, a leitura vertical dos poemas em prosa e kana e suas irmãs. Fodam-se a morte do autor e a crítica da realidade.
Fodam-se as reformas e ajustes políticos. Fodam-se todas as blitz que pedem nosso RG.
Fodam-se os posts da minha namorada um a um e todas as curtidas que ela ganha por eles.
Fodam-se a página do Lukman Derky e o último status que ele publicou. Fodam-se os murais de vocês, mural a mural.
Fodam-se os lábios da Scarlett Johansson e o batom vermelho que ela usa.
Fodam-se o charuto do Manaf Tlass e a fumaça que sai dele.
Fodam-se a tranquilidade e a segurança plena. Foda-se a região mais calma da Síria
E foda-se a vida, que se tornou mais feia que a morte e mais fria que um frigorífico
E foda-se foda-se foda-se.
(Ideia inspirada em um texto do escritor Ali Al-Sudani.)

169 curtiram

3 de janeiro de 2013 às 10:02

Ontem, meu irmão, que é "um dos trogloditas da cidade e não sabe ler nem escrever", quis se encontrar com um dos comandantes dos batalhões rebeldes, um tal sheikh fulano.
Ele pediu ao guarda para ver o sheikh.
Então, o guarda respondeu: deveras, o sheikh não dispõe de tempo no presente instante.
Meu irmão disse: "não dispõe de tempo"??? Cara, que se foda o árabe clássico!

163 curtiram

3 de janeiro de 2013 às 13:19

Meu amigo me pergunta: como você consegue escrever "foder" no seu mural?
— Meu querido, se você não consegue nem escrever "foder" no seu mural, pra que você quer derrubar o regime?!

145 curtiram

3 de janeiro de 2013 às 13:19

Meu amigo dissidente, que mora no exterior e eu considero muito, me pergunta:
— Do que você precisa, meu irmão? O que eu te mando?
— Fique tranquilo, não quero nada. Só continue me dando curtidas.

171 curtiram

10 de janeiro de 2013 às 16:43

As mulheres da vizinhança estão reunidas na casa da minha mãe, conversando sobre o Facebook.
Minha mãe pergunta a uma delas:
— Quantas curtidas o seu filho recebe por dia?!
— Ah... umas 30, 35... quando muito 50.
Minha mãe, puxando um longo trago do cigarro, diz:
— Meu filho recebe mais de 150.

209 curtiram

13 de janeiro de 2013 às 18:12

Minha mãe come pão com laranja.

97 curtiram

14 de janeiro de 2013 às 12:17

Eu sou um grande escritor, Suaad / cubro minha cabeça com uma meia preta
Escrevo e publico meus textos em páginas gratuitas da internet
Então, tiro a navalha do bolso, encosto no pescoço do leitor e digo: leia!

159 curtiram

15 de janeiro de 2013 às 19:49

— Onde exatamente é a sua casa, Abud?
— Bem atrás do Ahrar Al-Sham.

106 curtiram

16 de janeiro de 2013 às 12:32

Mais horrível que o massacre / só mesmo essa tristeza virtual besta

165 curtiram

19 de janeiro de 2013 às 13:18

Manhã instável, derrotada, como uma mulher que não consegue sair de casa sem desenhar sobrancelhas falsas na própria testa.

42 curtiram

19 de janeiro de 2013 às 13:48

Manhã rachada, como os lábios de uma moça que usa batom de dez liras.

91 curtiram

19 de janeiro de 2013 às 01:55

Manhã cheia de manchas pretas e vermelhas / como o rosto de uma moça
que compra pó de rosto no armazém do bairro.

62 curtiram

19 de janeiro de 2013 às 14:01

Manhã decadente, como as pálpebras de uma moça que usa sombra comprada no camelô.

51 curtiram

19 de janeiro de 2013 às 14:10

Manhã dura e pinicante / como o sutiã de uma moça que compra sutiãs por quilo.

40 curtiram

19 de janeiro de 2013 às 14:42

Manhã complexada e insegura, como uma moça que anda sem olhar para trás / nem mesmo se atrás dela explodir uma bomba.

39 curtiram

20 de janeiro de 2013 às 13:04

Tenho vontade de vomitar todas as palavras de dentro
do meu estômago, de uma vez só
Todos os pesadelos que já tive
Todos os filmes que já vi
Todos os livros
Todas as mulheres
Todos os cigarros que já fumei
vou soltar de uma vez só, como um dragão bêbado
e me dedicar à minha vida
Minha vida que virou uma lixeira
escuridão e frieza de metal
latas de sardinha
e bitucas de cigarro
e absorventes usados
balas
e um assassino

84 curtiram

23 de janeiro de 2013 às 16:23

Vou inflar um saco de batatinhas e estourá-lo / para desafiar a Frente Al-Nusra.

115 curtiram

24 de janeiro de 2013 às 17:44

Antes, eu abria a janela de bate-papo e escolhia a moça mais bonita online
e escrevia pra ela: eu te amo.
Agora, minha mãe começou a abrir a mesma janela, escolher uma moça
conforme seu humor e mandar pra ela um emoticon malvado, tipo aquela carinha
mostrando a língua, ou aquela de boca aberta
como um verme faminto, ou aquela cor-de-rosa
que parece Satanás...
Minha mãe não sabe escrever, mas ela sabe diferenciar o bem e o mal
por meio desses emoticons. Por isso ela nunca clicou numa carinha sorrindo,
ou numa rosa, ou num coraçãozinho.

154 curtiram

26 de janeiro de 2013 às 18:50

Logo antes do avião bombardear / olhei para Adonis
com um olhar orgulhoso e confiante
que dizia: eu não venho da mesquita.

164 curtiram

27 de janeiro de 2013 às 21:25

Eu me imagino como um grande ditador do Facebook
que qualquer dia cairá, como caem todos os tiranos.
Depois da queda, eu imagino uma cena assim:
— Vastas multidões, e os meus amigos, tempesteando e pilhando a minha página.
Este carrega um dos meus textos nos ombros e foge com eles.
Aquele faz minhas namoradas de reféns
e outros reúnem tudo que eu escrevi, empilham na rua
como uma pilha de haxixe, então queimam tudo com o isqueiro mais barato.
— Vão arrastar pelas ruas meu nome e minha foto de perfil
como arrastaram a estátua de Saddam no Iraque.
— Um dos meus amigos, mais provavelmente um poeta,
vai rodar pelas ruas feliz
carregando uma foto minha numa mão, batendo nela com um sapato
enquanto minha namorada, distraída e totalmente avoada,
realiza uma coletiva de imprensa, dizendo: nós os cercamos e massacramos
os infiéis, peões do colonialismo...

170 curtiram

28 de janeiro de 2013 às 10:51

Nossa rua é estreita, mas não conhecemos uns aos outros.

116 curtiram

29 de janeiro de 2013 às 02:20

Para aqueles que continuam se perguntando quem é Abud Said:
Eu sou Abud Said, residente em Manbij, onde as moças não vão aos cafés e onde nenhum prédio tem mais do que quatro andares...
Meu sobrinho pequeno / sempre que lhe pedi para dizer: Allahu Akbar
ele disse: eu, hein!!!
Na escola, eu sentava na última carteira. Fui pra universidade pra conhecer uma moça que não usasse véu e tivesse um celular com bluetooth...
Ela chamava o próprio celular de "catwoman".
Por isso, chamei o meu celular de "miau".
Mesmo assim, ela nem ligou.
Eu trabalho como ferreiro. Isso quer dizer marreta, polias e chave 13x14 mm.
Eu durmo com sete irmãos no mesmo quarto. Não tenho armário, por isso escondo minhas cartas particulares no galinheiro / às vezes, uma galinha põe um ovo em cima das palavras "eu te amo" e, às vezes, ela caga em cima do P.S. no fim da carta.
Minha mãe não sabe cozinhar lasanha. Até o ano passado, eu achava que croissant era um tipo de comida cara, que se come com garfo e faca.
Toda noite, eu sonho que sou Hannibal Lecter, sentado à mesa, de frente para o cérebro da moça que eu amo.
No ônibus, sento no banco oposto ao da minha vizinha, para olhá-la. Nunca em minha vida vi um avião que não fosse de guerra.
Roubo minha eletricidade do poste mais próximo. Uma garota burguesa paga minhas faturas de internet.

Na minha rua, as crianças tiram sarro da pinta na minha testa. Meu irmão mais velho não acredita que eu sou poeta... Enquanto meus primos, se soubessem que eu sou poeta, me fariam passar ridículo, batucando panelas e latões atrás de mim.
Tenho um lápis com o qual às vezes rabisco, e que aponto na faca. A última caneta azul cara que eu ganhei de presente estourou no bolso da minha camisa.
Em casamentos, sento perto do cantor. Em funerais, eu sou quem serve o café amargo. Nos cafés, minha mesa sempre é aquela que o garçom ignora.
Eu sou Abud Said. Acaricio o pescoço do animal que vive dentro de mim
para que ele cresça como um lobo cego.

402 curtiram

Glossário

Com frequência, aparecem nos posts de Abud Said nomes e termos que não podemos necessariamente assumir que os leitores conheçam. Entretanto, para não perturbar o fluxo de leitura, decidimos evitar notas de rodapé em favor de um glossário com termos selecionados, ordenados por ordem alfabética. O glossário foi originalmente organizado pela tradutora Sandra Hetzl para a edição alemã e complementado, na edição brasileira, pelo tradutor Pedro Martins Criado.

"Allahu Akbar": literalmente, "Deus é maior". Termo usado no começo da reza (aparece no chamado para a reza, nas rezas obrigatórias e nas rezas super-rogatórias) e, frequentemente, em vários contextos no vernáculo. Pode significar tanto "Deus será o juiz", quanto "meu Deus, meu Deus!" ou "Deus nos acuda!". No contexto do conflito na Síria, às vezes essa exclamação é um grito de desespero em situações extremas, como tiroteios ou bombardeios, a fim de, nestes momentos de pânico e choque, convocar uma força superior em cujas mãos se encontra o destino. Historicamente, também foi usado como um grito de encorajamento durante a batalha.

"Takbir!": chamado de uma pessoa, normalmente direcionado a um grupo que responde com "Allahu Akbar".

Abd Al-Basit Sarut: estrela do futebol sírio, atuou uma vez como goleiro da seleção nacional da Síria. Tornou-se um dos mais importantes líderes das manifestações em Homs, inicialmente por causa de sua bela voz de cantor. Ele é tão amado no país que é capaz de liderar manifestações em outras cidades via Skype. Sobreviveu a quatro tentativas de assassinato por parte do regime.

Adonis (1930-): principal poeta árabe contemporâneo. O intelectual sírio é considerado de esquerda, rebelde e progressista. Entretanto, desde o início expressou ceticismo quanto ao novo movimento de protestos na Síria. Suas ressalvas são enraizadas, principalmente, em sua crença de que o movimento tem uma coloração religiosa islâmica.

Ahrar Al-Sham: brigada islamita e salafita formada no final de 2011 que luta ao lado do Exército Livre Sírio pela queda do regime Assad. Parece estar empenhada na criação de um futuro estado islâmico.

Alauítas: minoria religiosa presente sobretudo na Síria, à qual pertence Bashar Al-Assad, bem como uma grande parte dos representantes do mais alto escalão do serviço secreto e do exército.

Ali Al-Sudani (1961-): contista iraquiano cuja obra possui um crítico viés político.

Alma Intabli: apresentadora de TV síria. Amiga de Abud Said no Facebook.

Al-Suyuti (1445-1505): estudioso islâmico egípcio, jurista e escritor.

Canal Ghinwa: canal de televisão especializado em dança do ventre.

Carole Samaha (1972-): cantora pop e atriz libanesa.

Curdos: grupo étnico da região geocultural do Curdistão, cujo território se divide entre Síria, Iraque, Irã e Turquia.

Daraa: cidade no sul da Síria, o ponto inicial do maior levante popular do país. No final de fevereiro de 2011, uma criança de

12 anos de idade escreveu em um muro da escola: "O povo quer derrubar o regime", e em consequência a classe inteira foi presa. Todas as tentativas dos pais de convencer as autoridades locais a libertarem as crianças falharam. As crianças foram torturadas. A primeira grande manifestação em Daraa, em 18 de março de 2011, foi em resposta a esses eventos. Forças de segurança mataram quatro manifestantes no primeiro dia. Em dois dias, a contagem de mortos subiu para 100. Outras cidades organizaram protestos em solidariedade aos cidadãos de Daraa, e a revolta se espalhou pelo país como fogo na mata.

Dima Bayaa (1978-): famosa atriz síria.

Drusos: minoria religiosa presente na Síria, Líbano, Jordânia e Palestina.

Elissa (1972-): cantora pop libanesa.

Exército Livre Sírio: maior estrutura de oposição armada na Síria, formação anunciada em um vídeo de julho de 2011. Composto por desertores do exército sírio e combatentes voluntários.

Fairuz (1935-): cantora libanesa, apresentou-se em muitas peças e musicais. Uma figura icônica no mundo árabe.

Frente Al-Nusra: grupo rebelde jihadista, aliado à Al-Qaeda e formado em 2012, que usa força militar para se opor ao regime Assad, mas luta por um califado islâmico global. Muitos dos combatentes não são sírios e a maioria da oposição vê o grupo com ceticismo; muitos grupos do Exército Livre Sírio mantêm distância dele. É o único grupo que pratica atentados suicidas em áreas residenciais. Teme-se que a Frente Al-Nusra esteja tentando se inserir também na vida civil e plantar o ódio entre as diferentes denominações.

Haitham Al-Maleh (1931-): oposicionista, democrata, ativista dos direitos humanos e crítico do regime atual. Opõe-se a qualquer forma de diálogo com o regime.

Hamza: letra do alfabeto árabe, posicionada em cima ou embaixo de outra letra.

Handala: famoso personagem criado pelo cartunista palestino Naji Al-Ali (1938-1987), que criticou a política de ocupação israelense em seus quadrinhos. Handala é um garotinho descalço, sempre visto de costas, de pé, olhando diretamente para o que quer que esteja acontecendo.

Hassan Blasim (1973-): escritor e diretor de cinema iraquiano.

Homs: terceira maior cidade da Síria, localizada exatamente no centro do país. Devido à intensa atividade de protestos, a cidade está sob cerco militar do regime desde fevereiro de 2012, e se resume hoje, em grande parte, a escombros e cinzas. Os habitantes de Homs ainda estão diariamente sujeitos a bombardeios pesados do regime.

Hosni Mubarak (1928-): militar e ex-presidente egípcio. Governou o Egito de 1981 a 2011, quando renunciou ao cargo devido à pressão popular. Sentenciado à prisão perpétua pela morte de manifestantes em confrontos com as forças de segurança sob suas ordens, foi absolvido em 2014. Em 2015, foi condenado a três anos de prisão por corrupção.

Ibn Khaldun (1332-1406): historiador islâmico, considerado um dos pais fundadores da sociologia. A *Muqqadimah* (em árabe, "Introdução"), ou *Prolegômenos*, livro de 1.475 páginas no qual trabalhou durante toda sua vida, é sua obra-prima.

Imad Abu Saleh (1967-): poeta egípcio.

Islam Abu Shakir: escritor sírio. Amigo de Abud Said no Facebook.

Kana e suas irmãs: termo gramatical para um grupo de verbos que seguem as mesmas regras gramaticais. "Kana" é o verbo "ser".

Karim Sami: escritor egípcio.

Khalid Ibn Walid (584-?): também chamado de "a espada desembainhada de Deus", foi um dos companheiros do profeta

Maomé e comandante notável durante as conquistas islâmicas.

Khawla Bint Al-Azwar: filha de Azwar, viveu nos tempos do profeta Maomé e liderou várias batalhas como guerreira.

Laila Abd Al-Latif: a versão feminina de Michel Hayek; no Ano-Novo, prevê o futuro da região e do mundo no canal libanês LBC.

Lakhdar Brahimi: Enviado Especial da ONU na Síria desde agosto de 2012.

Lira: moeda da Síria; também conhecida como libra síria. No final de setembro de 2013, a taxa de câmbio era de 128 liras para 1 dólar. Se você quisesse dizer, em dialeto sírio, que alguém ou algo não serve para nada, que é imprestável, você diria, literalmente, "ele vale dois francos". Essa expressão, que Abud Said usa no texto original árabe, surgiu durante o Mandato Francês para a Síria e o Líbano (1920-1946).

Luise Abd Al-Karim (1976-): atriz síria, amiga de Abud Said no Facebook.

Mahmud Darwish (1941-2008): grande poeta palestino. Sua obra foi traduzida para muitos idiomas ao redor do mundo. É conhecido por praticamente todos no mundo árabe.

Manaf Tlass: filho de Mustafa Tlass, o ex-Ministro da Defesa sírio e confidente mais próximo de Hafez Al-Assad, pai do presidente Bashar Al-Assad, de quem Manaf Tlass tornou-se próximo ainda na infância. Promovido no ano 2000 a oficial da Guarda Republicana, ele serviu sob comando direto de Mahir Al-Assad, o irmão do presidente, na patente de brigadeiro-general. Conforme relatos da mídia, foi condenado à prisão domiciliar em maio de 2012 por ter se recusado a bombardear áreas residenciais civis. No verão de 2012, conseguiu fugir para Paris pela Turquia. Por seu passado e sua amizade próxima com Bashar Al-Assad, é visto com fortes reservas pelos círculos de oposição.

May Skaf: famosa atriz síria. Uma das poucas pessoas na elite cultural síria a falar abertamente contra a brutalidade do regime. Participou de protestos e foi presa. Amiga de Abud Said no Facebook.

Michel Hayek (1967-): chamado de "Nostradamus do Oriente Médio", um profeta-celebridade de televisão. Na noite de Ano-Novo, faz uma longa lista de profecias vagas sobre a situação política da região no canal libanês LBC, e também previu o futuro de Lady Gaga.

Mijana, Daluana e Abu Azzilf: tipos de versificação da poesia tradicional cantada e de origem popular. Praticados sobretudo na Síria, Líbano, Jordânia e Palestina.

Muhammad Al-Maghut (1934-2006): grande poeta sírio, dramaturgo, roteirista e ensaísta. Conhecido como o pai do verso livre em poesia árabe.

Murad Alamdar: famoso ator turco.

Nawal Al-Saadawi (1931-): autora feminista egípcia, médica e psiquiatra. Escreveu vários livros sobre a situação da mulher no Islã e se opõe, em particular, à mutilação genital.

Paul Shaul (1944-): poeta libanês.

Rim Al-Banna (1966-): cantora palestina. Teve sucesso considerável, inclusive na Europa, com sua interpretação moderna de canções palestinas tradicionais. Amiga de Abud Said no Facebook.

Rola Al-Hussein: poetisa libanesa. Amiga de Abud Said no Facebook.

Salafitas: adeptos do movimento salafita ou salafismo, uma vertente ultraconservadora do islamismo sunita. Conhecidos por sua interpretação rigorosa e literal do Islã; favoráveis à implementação da lei islâmica. Presentes em diversos países árabes.

Salma Al-Masri (1948-): atriz síria de televisão e teatro.

Samir Abu Hawash (1972-): escritor libanês.

Shaima Oubari: apresentadora de TV síria.

Sheikh Imam (1918-1995): famoso cantor e compositor egípcio.

Sura Al-Fatiha: chamada "*sura* (capítulo) de abertura", é o primeiro capítulo do Alcorão e parte integrante de todas as rezas. Muito frequente, é lida também em todos os funerais e inscrita em lápides.

Tamer Hosni (1977-): cantor egípcio, ator e compositor.

União Geral da Mulheres: organização de direitos das mulheres, fundada em 1975 nos Emirados Árabes Unidos.

Ziad Rahbani (1956-): pianista e compositor libanês, dramaturgo e comentarista político.

Posfácio

Sandra Hetzl[1]

> "Quando os MiGs retomam sua operação diária e as bombas começam de novo a cair à minha volta, ponho meus fones de ouvido, ouço uma música de que gosto no volume máximo, leio seus posts... e sorrio."
>
> (Rami Traboulsi, no mural do Facebook de Abud Said, 1° de outubro de 2012)

Enquanto escrevo este texto, ainda não encontrei Abud Said em carne e osso. Embora seja verdade que sua vida virtual é um elemento importante de seu universo análogo, eu preferiria não dizer que o conheço pessoalmente — e ele, certamente, ficaria magoado. Pois de vez em quando conversamos por telefone, pelo Skype ou batemos papo pelo Facebook.

Embora nenhum dos dois afirme ser honesto, há muito em comum entre o Abud Said, autor no Facebook, e o homem de trinta anos de idade que trabalha como ferreiro em

---

[1] Este posfácio foi escrito pela tradutora alemã Sandra Hetzl e publicado originalmente na primeira edição da obra, em formato de e-book, pela editora berlinense mikrotext, em 2013. O *post scriptum*, que atualiza as informações até 2016, foi escrito especialmente para a presente edição brasileira. (N. da E.)

Manbij, uma cidade próxima a Alepo. A vida de Abud Said (dividindo um teto com sua mãe, trabalhando com metal, as irritantes jornadas de ônibus, a guerra, os flertes virtuais, TV e blecautes) serve de inspiração para sua escrita. De fato, ele trabalha quase todos os dias na oficina e também posta várias vezes por dia no Facebook, que se tornou sua pequena janela para o vasto mundo. Ele joga com esse contraste. Ele aponta constantemente, lembrando a si mesmo e aos seus leitores, que, apesar de toda a sua popularidade no Facebook, ele ainda é apenas um serralheiro de Manbij: um rapaz bobo, com ilusões de grandeza e muitos sonhos, dos quais sua mãe sempre o arrasta de volta para a dura realidade. Às vezes, ele exagera esse contraste, dizendo que vai dormir em um quarto com sete irmãos (o que provavelmente foi verdade em algum momento, mas hoje, pelo menos, há menos irmãos). Tampouco acredito quando ele escreve que esconde suas cartas de amor no galinheiro, se é que ele tem um.

Ele diz sobre si mesmo: "Quando comecei a usar o Facebook, eu era um usuário marginalizado com um mural abandonado. Ninguém me 'curtia', e a maioria dos pedidos de amizade que eu enviava era ignorada. Então decidi iniciar uma revolução e comecei a ler...". Ele queria confrontar esse universo cibernético que se apresentava como um rígido contraste à sua própria realidade empobrecida e provinciana. Em algum momento, escreveu em seu mural, como uma provocação a todos: "Eu sou o cara mais esperto do Facebook". Ele entendia essa frase não como uma ironia ou uma piada, mas como a declaração de sua insurreição pessoal no Facebook. Depois deste primeiro post, começou a publicar diariamente. Mais tarde, quando repetia a frase, estava fazendo referência ao início de sua revolução pessoal. Desde aquele dia, ele não enviou mais nenhum pedido de amizade. Quando perguntei se sua revolução pessoal coincidiu com o levante na Síria, ele disse, vagamente, que ela devia ter mesmo acontecido mais ou menos quando a revolução síria começou.

Seus posts no Facebook consistem em uma mistura de documentação literária de sua realidade (mas certamente não com propósito documental) para onde a ficção se esgueira, e de viagens mentais, aforismos e jogos de linguagem que não se encaixam em nenhuma categoria.

Antes que fosse possível fazer este e-book, eu havia falado a alguns amigos sobre os posts de Said e traduzido alguns deles, que li publicamente. Eu queria mostrar que havia gente como ele na Síria: espíritos livres. Considero esta a parte mais importante do meu trabalho como tradutora: reconhecer algo que acho bonito ou importante, trazê-lo para um universo onde essa coisa é invisível e, então, torná-la visível a outros. Meu relacionamento com a Síria é de natureza pessoal. A maioria dos meus amigos são sírios. Em 2006 e 2007, vivi em Damasco por alguns meses, e desde então tenho me ocupado bastante com o país. Quando a revolta começou, em 2011, foi natural que eu me envolvesse na situação tanto quanto podia, essencialmente como um megafone.

Muita literatura foi produzida no universo sírio do Facebook nos últimos dois anos. Faris Al-Bahra, Lukman Derky, Raid Wahsh e Mosab Al-Numairy são alguns exemplos proeminentes. Estes são, em parte, autores que (em contraste com Abud Said) já haviam publicado coletâneas de poesia "antes do Facebook", mas que agora usam cada vez mais o aplicativo como plataforma. Antes de 2011, ninguém levava muito a sério alguém que escrevesse no Facebook. Hoje, até mesmo autores sírios estabelecidos internacionalmente, como Zakaria Tamer, cujos livros foram traduzidos em muitos idiomas e estão disponíveis em qualquer livraria no mundo árabe, usam-no para publicar seus textos. Há algumas razões para isso.

Em primeiro lugar, a agitação do país devido ao levante nacional reuniu todos em torno das redes sociais (não importando seus posicionamentos políticos). O governo não tolera no país nenhum veículo de imprensa internacional ou independente (por mais problemáticos que estes termos possam ser). Para evidenciar o levante e documentar os protestos, os números de mortos e feridos, o povo da Síria se organizou, primeiramente, através de páginas do Facebook. O jornalismo civil se tornou inacreditavelmente importante. É a única possibilidade que as pessoas têm de se informar a respeito do que acontece no país. Sírios na Síria e no exterior querem se conectar; todos querem entender o que está acontecendo em seu país natal. Grande parte da vida síria está se deslocando para o Facebook. Qualquer um que viva fora e queira conversar com os amigos no país; qualquer um que queira compartilhar opiniões, trocar informações ou se reunir o faz pelo Facebook. Por causa da situação de segurança precária, em quase toda a Síria, o Facebook se tornou o ponto de encontro social. Pessoas que vivem na mesma área da cidade podem estar separadas umas das outras por inúmeros postos militares de controle. Pode-se imaginar, então, a dificuldade que as pessoas têm de se reunir para conversar nos cafés.

O fato de *O cara mais esperto do Facebook* ser publicado originalmente como um e-book é, naturalmente, um bom encaixe conceitual. Os textos de Abud Said jogam na esfera eletrônica e com ela. Eles sempre contêm a dureza da tela luminosa e cintilante; eles saltam constantemente da rasa nitidez e virtualidade do mundo do laptop para as empoeiradas ruas de Manbij, a cidade na província de Alepo onde ele vive.

Para este e-book, copiei e traduzi, diretamente de seu perfil no Facebook, posts que Abud Said escreveu em seu mural entre dezembro de 2011 e fevereiro de 2013. Eles aparecem aqui em ordem cronológica, como um texto contínuo, correndo de ontem para hoje. Para preservar algo da atmosfera do Facebook, mantive a data, hora e número de "curtidas" de cada post. Sob os posts originais, naturalmente, havia sempre uma longa lista de comentários de outros usuários do Facebook. Abud Said também toma parte nas discussões, mas deixei-as de fora por uma questão de clareza.

A literatura em forma de posts do Facebook frequentemente se choca contra seus limites. Os textos não podem ser muito longos, e a dimensão temporal das publicações dificilmente pode ser manipulada. Quase sempre, os textos literários curtos no Facebook se parecem muito com páginas de diário, aforismos ou poemas. Abud Said, no entanto, entrelaçou completamente sua escrita no Facebook ao próprio Facebook; ele desenvolveu uma meticulosa teoria sobre a escrita no Facebook. Para ele, o Facebook não é só uma plataforma, mas um assunto constante de sua escrita e, ainda, o lugar do acontecimento; e isso o diferencia de muitos outros autores similares.

Com Ibrahim, seu jovem aprendiz, ele conseguiu até mesmo introduzir uma personagem que posta no seu perfil do Facebook quando o ferreiro-mestre Abud Said está momentaneamente ausente, sempre com a introdução: "Aqui é o Ibrahim...".

Que seus textos apareçam agora, pela primeira vez, fora do mundo árabe através da mikrotext, uma nova editora independente de publicações digitais em Berlim, é algo muito louco. Para o autor, tudo isso parece distante e abstrato. Depois de publicada a edição alemã, ele teve aproximadamente mil novos pedidos de amizade de usuários alemães e árabe-germânicos do Facebook. Em uma entrevista à revista digital *24.ae*, ele disse: "Comecei a gostar muito dos alemães. São pessoas adoráveis e malucas". Antes, Said atingia uma audiência exclusivamente árabe, e essencialmente pelo Facebook, na Síria e no Líbano (com exceção de duas publicações em revistas digitais árabes). Agora, ele está sendo lido por um público que lhe é difícil avaliar.

A carência de informações sobre a Síria não se limita ao Ocidente. A partir de sua alma, Abud Said fala de toda uma geração, e por isso é um novo autor relevante também em língua árabe. O testemunho social feito no livro é igualmente importante. Há uma grande disparidade entre urbano e rural nos países árabes, e poucas vozes chegam das províncias geográficas e sociais, muito menos vozes que sejam tão autoconfiantes e descoladas.

Pessoalmente, espero que, em algum momento, por fim haja paz outra vez na Síria, para que eu possa novamente deslocar minha vida para fora deste espaço virtual. Mas, quem sabe? Talvez não haja volta do mundo virtual.

(Setembro de 2013)

Post scriptum

Já faz agora três anos e dois meses desde que escrevi o posfácio que vocês provavelmente acabaram de ler.

Relendo-o hoje, o texto me soa muito ingênuo no modo como ele se agarra, inexperiente, ao seu tempo presente e se estira, afobado, em direção a um futuro que ele, ao contrário de mim, ainda não conhece.

Desde que descobri os textos de Abud Said no Facebook, desejei que eles tivessem uma grande repercussão e mudassem, pelo menos em alguns dos leitores, o modo como eles pensam sobre a Síria e a que ou a quem associam o país.

Eu quis que os leitores vissem em Abud um amigo. Um amigo naquele país que eles veem estraçalhar-se diariamente nas notícias de jornal.

E como a um amigo que eu não visse há três anos, contarei a vocês, rapidamente, tudo o que aconteceu desde então.

Na altura da escrita desse posfácio, ao menos já estava claro que o livro sairia pela editora berlinense de e-books mikrotext. Três semanas mais tarde apresentávamos o livro na Feira do Livro de Leipzig.

A conversa ao vivo com Abud, via Skype, que planejávamos para o evento acabou não acontecendo, já que não se conseguia mais entrar em contato com ele, nem pela internet, nem por telefone: durante dois meses, toda a comunicação com Manbij, no norte da Síria, foi cortada. Durante esse silêncio (literalmente falando), aconteceu de um jornalista alemão pôr-se a caminho da Síria a fim de procurar Abud e gravar um programa de televisão sobre ele. (Muito tempo depois de ter desistido, o jornalista finalmente encontrou Abud por puro acaso, quando retornava, na fronteira sírio-turca.)

Fizemos outras leituras públicas, às quais se seguiram muitos artigos de jornal, uma peça radiofônica, a banda alemã de indie-pop Das Weiße Pferd compôs uma música chamada "Der Diktator hört keinen Jazz" [O ditador não ouve jazz], e saiu pela editora argentina Mardulce uma tradução do livro em espanhol.

Tudo isso nos ajudou (à editora Nikola Richter e a mim) a convencer o Ministério das Relações Exteriores da Alemanha a enviar à Embaixada Alemã em Ancara um passaporte de estrangeiro para Abud Said, a fim de que ele pudesse saltar da tela do computador e se materializar na Alemanha. Só que Abud não tinha nem mesmo um passaporte sírio, e, como desertor, tampouco poderia solicitar um.

Abud, então, atravessou ilegalmente a fronteira sírio-turca, com a artilharia da guarda de fronteira turca em seu encalço. O resto de sua viagem até a Alemanha decorreu sem maiores aventuras e em completa legalidade. Em outubro de

2013 ele chegou a Berlim, onde conseguiu asilo político e vive até hoje. Foram realizadas muitas leituras e publicados diversos artigos em jornais.

Numa outra dimensão, na Síria, em fevereiro de 2014 Manbij foi tomada pelo Estado Islâmico e o irmão de Abud, Abu Hussein (que em um post de 2/1/2013 diz: "Que se foda o árabe clássico!"), foi morto. Contra a vontade, a mãe de Abud finalmente se deixou persuadir a emigrar para a Turquia com seus outros filhos.

Na primavera de 2015 saiu em alemão o segundo livro de Abud Said, *Lebensgroßer Newsticker: Szenen aus der Erinnerung* (e-book: mikrotext; livro: Spektor Books), e atualmente ele escreve seu primeiro romance. Nesse meio-tempo, houve também uma encenação teatral de *O cara mais esperto do Facebook* (Teatro Ballhaus Naunynstraße; direção de Kerim Cherif); além disso, o livro acabou de ser traduzido para o dinamarquês e o francês, e desde novembro de 2015 Abud escreve a coluna "Syronics on speed" para o site VICE Deutschland e outra coluna para o jornal alemão *TAZ* (*Die Tageszeitung*).

Eu sei. Se eu os tivesse poupado das notícias sobre o universo paralelo da Síria, talvez vocês pudessem simplesmente ter se alegrado com esta pequena história de sucesso, sem o sabor amargo que a acompanha. No entanto, o amargor dessa contradição é onipresente tanto nos textos de Abud que saíram na Alemanha, quanto em suas leituras públicas.

Já subimos juntos ao palco para muitas leituras, e me parece que, quanto maior o evento, maior, para Abud, o sentimento de absurdo evocado por essa contradição, tanto que muitas vezes ele declara ao público presente:

> "Não sou nenhum porta-voz do povo sírio ou dos 'refugiados'. Eu só posso falar por mim mesmo. E parte do problema é justamente que agora

eu tenho aqui um palco, porque escrevi um livro, mas as pessoas que realmente têm algo a dizer, elas que agora mesmo lutam contra o regime e contra o Estado Islâmico, aquelas mesmas pessoas que ainda estão na Síria, os civis que vivem sitiados: a elas, ninguém dá ouvidos".

(Berlim, 27 de abril de 2016)

Sobre o autor

Abud Said (ou Aboud Saeed) nasceu em 1983 na cidade de Manbij, província de Alepo, no norte da Síria. Entre 2012 e 2013, Manbij foi intensamente bombardeada pelo regime de Bashar Al-Assad. Abud Said morava com a mãe e sete irmãos em apenas um cômodo de uma pequena casa. Após concluir o ensino fundamental, deixou a escola para aprender o ofício de ferreiro e soldador, que exerceu durante os últimos onze anos. Trabalhou por três anos em uma fábrica de plástico no Líbano, morando em um barracão de metal. Em 2008 recebeu um diploma de equivalência do ensino médio e ingressou na universidade para estudar economia. A universidade seria logo desativada devido à situação política. Em 2009 Abud Said criou um perfil no Facebook, onde escrevia todos os dias. *O cara mais esperto do Facebook* — uma seleção de seus posts, nos quais ele fala sobre sua mãe, cigarros, o Facebook, o amor e sobre o dia a dia no violento conflito sírio — é o seu primeiro livro, e foi publicado originalmente em e-book, em outubro de 2013, pela editora berlinense mikrotext. Por ocasião do lançamento, Said conseguiu escapar da Síria e recebeu asilo político na Alemanha. Na primavera de 2015 saiu em alemão o seu segundo livro, *Lebensgroßer Newsticker: Szenen aus der Erinnerung* (mikrotext/Spektor Books). Atualmente vive em Berlim, trabalha em seu primeiro romance e, desde novembro de 2015, escreve as colunas “Syronics on speed” para o site VICE Deutschland e “Warum so ernst?” para o jornal alemão *TAZ* (*Die Tageszeitung*).

Sobre o tradutor

Pedro Martins Criado é graduando em dupla habilitação Português-Árabe no curso de Letras da Faculdade de Filosofia, Letras e Ciências Humanas da Universidade de São Paulo (FFLCH-USP). Tem foco nas áreas de pesquisa de tradução, história, linguística e ensino de línguas. Viveu no Cairo, onde estudou árabe padrão e árabe dialetal egípcio no Institut Français. Atualmente, trabalha como tradutor e professor de língua árabe, gramática do português e redação.

Este livro foi composto em Sabon,
pela Bracher & Malta, com CTP da
New Print e impressão da Graphium
em papel Pólen Soft 80 g/m² da Cia.
Suzano de Papel e Celulose para a
Editora 34, em junho de 2016.